CH. MALATO

PIÈCES DE COMBAT

BARBAPOUX

Drame satirique en 2 actes

AF404350

Prix : 50 Centimes

PARIS

LIBRAIRIE RÉPUBLICAINE

RENÉ GODFROY

27, Quai de la Tournelle, 27

CH. MALATO

BARBAPOUX

Drame satirique en 2 actes

PARIS

LIBRAIRIE RÉPUBLICAINE

RENÉ GODFROY

27, Quai de la Tournelle, 27

BARBAPOUX

Drame satirique en 2 actes

PERSONNAGES

BARBAPOUX.
Arthur DERRYER.
ROSSFITZ.
FARMACOPÉE.
Le général DERLINDINDEN.
FESSIER-DUREPAIRE.

Le Père DINDON.
LEBAUDET SANDRÉ
L'OPINION PUBLIQUE.
Comtesse DE LENCLUMOIRE.
UN PROLÉTAIRE.
TROIS INTELLECTUELS.

ACTE I

(Le décor représente une fête au bois de Boulogne. On est devant une clairière, d'où partent plusieurs allées. Lanternes vénitiennes accrochées aux arbres. A droite, un peu masqué par un taillis, un chalet de nécessité.)

SCÈNE I

ARTHUR DERRYER, *sortant du chalet de nécessité, tenant à la main une cuvette qu'il essuie avec une serviette fleurdelisée. Il est correct, porte favoris, monocle et gardénia à la boutonnière, mais aussi un tablier de service.*

Me voici revenu à mes premières cuvettes. Ah ! qu'il fait bon revivre sa jeunesse ! Entré par l'escalier de service dans le grand parti de l'ordre, de la religion et de la monarchie légitime, admis dans les plus hautes cuisines de l'aristocratie, je n'ai pu oublier mes débuts. Directeur de journal bien pensant, conspirateur tiré à quatre épingles — ce qui vaut mieux que l'être à quatre chevaux comme Ravaillac — arbitre de la mode et du bon ton, je pense toujours aux cuvettes que je rinçais à vingt ans chez la plus blanche des hétaïres. O cuvettes ! chères cuvettes ! parfums du musc et du lubin, au milieu desquels j'ai prospéré ! senteur affriolante des dessous tombant à l'approche des grands de la terre dans le clair-obscur des boudoirs !... les pièces de cent sous tombaient aussi dans mon

escarcelle. Epoque aux réminiscences incomparables! C'était
alors que les garibaldiens se faisaient foudroyer à Mentana,
en tâchant de dégommer notre saint-père le pape, que Flou-
rens abandonnait sa fortune, l'idiot, pour aller courir les mon-
tagnes avec les insurgés crétois, en attendant de mourir
comme un imbécile pour le peuple de Paris! C'était alors que
des crétins d'ouvriers proclamaient la fraternité internationale
des peuples ; que Livingstone parcourait l'Afrique sans fusiller
de nègres et que Victor Hugo s'entêtait sur son rocher.

Et moi, indifférent aux commotions du monde, aux passions,
aux idées, j'amassais mon petit pécule. Quel beau temps!

Allons, cette fête, où tout Paris s'est donné rendez-vous, bat
son plein. Entretenons-nous toujours dans notre ancienne
profession : nul ne peut savoir ce que réserve l'avenir.

SCÈNE II

ARTHUR DERRYER; BARBAPOUX, *entrant par le fond,
très occupé à faire la chasse dans les profondeurs de sa
barbe.*

BARBAPOUX, *sans voir Arthur Derryer.*

En voilà encore un que j'ai manqué! C'est bien malheureux
d'être si myope!

ARTHUR DERRYER, *sans voir Barbapoux.*

Dieu! quelle odeur infecte! Il n'est pas possible que ce soit
ma bonne cuvette qui sente ainsi. (*Il la flaire.*) Non, elle fleu-
rerait plutôt le muguet... l'odeur de Mlle Lucia Harpin.

BARBAPOUX

Oh! celui-ci, je l'aurai... (*Il fourrage furieusement sa
barbe.*) Bon! encore manqué!

ARTHUR DERRYER

D'où vient ce nuage de mouches fuyant... (*Sursautant.*) Ce
ne peut être que lui! (*Il se précipite vers la gauche et aperçoit Barbapoux.*) Barbapoux!... Comment ne l'avais-je pas
reconnu avec le nez!

BARBAPOUX, *apercevant Arthur Derryer
sans le reconnaître.*

Et celui-ci... en est-ce encore un? Il est bien gros! (*Il s'a-
vance, les mains étendues et saisit Arthur Derryer.*) Tiens!
non! (*Le reconnaissant.*) Comment! c'est vous, cher confrère!

ARTHUR DERRYER, *avec orgueil.*

Il m'a appelé *son* frère! Que pourrais-je bien faire pour reconnaître cette faveur? (*A Barbapoux.*) Voulez-vous que je cire vos souliers?

BARBAPOUX

Merci : ils l'ont été l'année dernière. (*Examinant curieusement la cuvette d'Arthur.*) Dites-moi, je vous prie, qu'est-ce que ceci?

ARTHUR DERRYER

Un objet qui m'est bien cher : une cuvette.

BARBAPOUX

...h! oui, j'ai entendu parler de cela. Et, dites-moi, entre nous : à quoi cela sert-il?

ARTHUR DERRYER, *surpris.*

Eh! mais... à se laver.

BARBAPOUX

Comment! il y a encore des gens qui se lavent! C'est bien dégoûtant! Comme si se frotter les mains et se gratter la tête ne suffisaient pas! *O tempora! o mores!*

ARTHUR DERRYER, *avec enthousiasme.*

Vive Morès! Mort aux Juifs!

BARBAPOUX, *sévèrement.*

C'est bon, mais cela ne justifie pas votre cuvette. (*Avec indignation.*) Se laver!

ARTHUR DERRYER

Vous savez... il y a des circonstances dans la vie.

BARBAPOUX

Je voudrais bien savoir lesquelles, par exemple! Est-ce que je me lave, moi! Et vous encouragez ce vice! Vous trahissez!

ARTHUR DERRYER

N'en croyez rien... Mais ignorez-vous la force des premiers liens? Vous-même qui figurâtes si honorablement dans la police du second empire, qui écrivâtes...

BARBAPOUX

Pardon! on dit écrivîtes.

ARTHUR DERRYER

Vous croyez? C'est bien possible... Je n'ai jamais pu apprendre la grammaire : c'est pour cela que je me suis fait journaliste.

Eh bien ! vous-même ne ressentez-vous pas bien des fois, au plus profond de votre être, des impulsions qui vous entraînent vers la Préfecture de police pour y dénoncer n'importe qui, à propos de n'importe quoi, en demandant ensuite quarante sous ?

BARBAPOUX

Oh ! si... même pour vingt-cinq centimes... même pour rien.

ARTHUR DERRYER

Eh bien ! moi, c'est comme vous : kif-kif bourrico.

BARBAPOUX

Dans ce cas, kif-kif c'est moi, bourrico c'est vous.

ARTHUR DERRYER

La vérité sort par votre bouche... (*A part.*) La puanteur aussi.

VOIX, *à la cantonade.*

Une cuvette !

ARTHUR DERRYER

Voilà ! Boum !

(Il se précipite par la droite et sort.)

SCÈNE III

BARBAPOUX, *seul.*

Il n'y a dans ce misérable monde qu'une seule force : la volonté. Et quand la volonté ne se laisse arrêter par aucun scrupule ou préjugé, aucune considération, aucun sentiment, elle est souveraine. C'est pour l'avoir compris que notre ordre, depuis trois siècles, domine le monde et le dominera long-temps encore, sinon toujours.

Quels autres que nous eussent pu résister à d'aussi rudes assauts ? Réformateurs, philosophes, révoltés ont usé inutile-ment contre nous leurs dents et leurs ongles. La démocratie nous menace ? Nous nous emparons d'elle pour la pervertir, après quoi nous la livrons sans défense à toutes les colères de la plèbe fanatisée. La science nous nargue ? Nous étalons au grand jour son impuissance, proclamons sa faillite et rame-nons la vieille foi. On annonce un monde nouveau de justice, de liberté, de bonheur ? La vieille baliverne ! Un monde nou-veau ! Attendez, mes gaillards : nous allons vous ramener le monde ancien. *Et in secula...*

SCÈNE IV

BARBAPOUX, LA COMTESSE DE LENCLUMOIRE,
accourant par le fond.

LA COMTESSE, *précipitamment.*
Qui parle de *secula* ?

BARBAPOUX, *continuant sans voir la comtesse.*
... *Seculorum, amen !* (*Apercevant la nouvelle venue.*) La comtesse de Lenclumoire ! Chère et noble amie !...

(*Échange de révérences.*)

LA COMTESSE
Ne troublé-je point vos méditations ?

BARBAPOUX
Nullement, femme idéale ! Nullement ! Votre présence, d'ailleurs, ne pourrait que m'en inspirer d'un ordre supérieur.

LA COMTESSE, *minaudant.*
Vous me flattez.

BARBAPOUX, *avec feu.*
Je vous fiche mon billet que non, ô la plus exquise de nos littératrices ! Vous dont le nom brille...

LA COMTESSE
Doucement ! Mes chastes oreilles commencent à rougir.

BARBAPOUX, *emballé.*
Je m'en fous ! Ah ! jamais je n'ai senti comme en vous contemplant, ce soir...

LA COMTESSE, *à part, avec une joie mal contenue.*
Aurais-je enfin rencontré un homme ?

BARBAPOUX, *continuant.*
... Sous la voûte infinie du ciel, en ce lieu où meurent les bruits d'un monde fêtard et idiot...

LA COMTESSE, *à part.*
Comme il parle bien ! On dirait le père Dindon !

BARBAPOUX.
Je n'ai jamais mieux senti, dis-je, la vanité de l'amour.

LA COMTESSE, *déconcertée.*
Comment cela ?

BARBAPOUX

Vous avez été une femme?

(Il se gratte le menton.)

LA COMTESSE, *piquée.*

Je le suis encore.

BARBAPOUX

Vous fûtes belle...

LA COMTESSE, *de plus en plus piquée.*

Est-ce que maintenant...

BARBAPOUX

Ah! certes, maintenant, vous êtes parée de toutes les beautés... morales... qui consolent si amplement de l'absence des autres.

(Il se gratte l'oreille.)

LA COMTESSE, *à part, avec amertume.*

Je m'étais bien trompée sur son compte !... Il n'y a pas : il doit être saoul ! Pourtant, ce n'est pas son jour ! (*Haut.*) Vous n'avez jamais été amoureux ?

BARBAPOUX

Pardon, dans mon jeune temps, je brûlai d'une flamme pure et désintéressée pour une vieille femme qui avait beaucoup d'argent.

LA COMTESSE, *intéressée.*

Et qu'en résulta-t-il ?

BARBAPOUX.

Elle me mit dans mes meubles... rue de Jérusalem. Beaucoup de journalistes ont commencé comme ça. (*Il relève ses manches pour se gratter les bras.*) Dès lors, je pus conserver la vigueur de ma plume, l'éloquence de ma parole et l'ardeur de mes convictions à la défense de notre sainte mère l'Église.

(Il pète.)

LA COMTESSE, *reculant et tirant vivement son mouchoir.*

Vous êtes un saint... un saint Labre!

BARBAPOUX

Chez moi, voyez-vous, toutes les forces de l'âme sont tournées vers ce grand but : la gloire de Dieu. (*Sursautant et prêtant l'oreille.*) N'est-ce pas sa voix que je viens d'entendre?

LA COMTESSE

La voix de qui ?

BARBAPOUX

De celle que j'aime en ce moment d'un amour ardent, sauvage, éperdu.

LA COMTESSE, *à part.*

Dieu ! Quel feu ! (*Haut.*) Peut-on savoir le nom de cette adorée ?

BARBAPOUX

Son nom... c'est l'Opinion publique. (*Ecoutant.*) Non, je m'étais abusé : ce n'est pas elle.

LA COMTESSE

L'Opinion publique !

BARBAPOUX

Je la veux ! Il me la faut ! Que je l'étrangle, l'empoisonne, l'assomme ou l'étouffe, peu m'importe ! Je veux l'avoir à moi, à moi !

LA COMTESSE

Quel terrible amoureux vous faites !

BARBAPOUX

Je veux la posséder, la violer, me repaître de ses spasmes, jouir de ses râles, la tenir pantelante dans mes bras de fer et lui souffler dans la bouche au risque de l'asphyxier.

LA COMTESSE

Eh bien ! figurez-vous que je suis l'Opinion publique et... soyez heureux.

BARBAPOUX

Ce n'est pas la même chose. Croyez, certes, que j'apprécie à leur valeur de semblables ouvertures. Mais l'Opinion publique confère à qui sait la posséder, richesse, puissance et honneurs, avec un *s*... l'honneur sans *s*, je m'en fiche.

LA COMTESSE

Pourtant l'honneur de l'armée ? N'est-ce pas un honneur au singulier ?

BARBAPOUX

Oh ! tout au plus un singulier honneur... Comtesse, il faut que vous m'aidiez à séduire l'Opinion publique.

LA COMTESSE

Moi ! quel rôle étrange voulez-vous me faire jouer ?

BARBAPOUX

C'est indispensable... Non seulement pour moi, ce qui à mes

yeux est le principal, mais aussi pour notre sainte cause. Du reste, vous n'aurez pas grand chose à faire, seulement l'hypnotiser en faisant miroiter devant ses regards votre collier de chrysocale, pendant que le général Derlindinden lui mettra la pointe de son sabre sous le menton et que, moi, je porterai une main téméraire sur ses troublants appas.

(Il rit, éternue, pète et se gratte.)

LA COMTESSE

Je vois que votre plan est formé.

BARBAPOUX

Et bien formé. Pour mieux assurer sa réussite, je vais, d'ailleurs, me faire verser des fonds par Rossfitz.

LA COMTESSE, *avec dégoût.*

Par ce sale juif!

BARBAPOUX

L'argent n'a pas d'odeur; il change de race en changeant de poche : juif dans celle de Rossfitz, il se christianisera dans la mienne... J'en ai fait autant avec Racinius Verss.. (*Regardant vers le fond.*) Mais j'aperçois le général Derlindinden : il faut que je lui parle... Pardon de vous quitter, femme suave!

(Il éternue, se mouche dans ses doigts et se précipite par le fond.)

SCÈNE V

LA COMTESSE, *seule.*

Il m'appelle femme suave, mais il me plaque! Quel homme étrange! C'est un cochon, mais il a du génie. Si seulement il voulait prendre un bain! (*On entend des cris de «* Vive l'Armée! *»*) Voilà nos camelots de la rue du Croissant qui manifestent. A la bonne heure! Ils n'ont pas volé leurs quarante sous! Allons, le peuple est avec nous!

SCÈNE VI

LA COMTESSE; ROSSFITZ, *à sa droite* LE PÈRE DINDON *et à sa gauche* LE GÉNÉRAL DERLINDINDEN, *entrant tous trois par la gauche.*

LE PÈRE DINDON

Oui, monsieur le baron, l'Église, en cette occasion, comme en tant d'autres, compte sur votre inépuisable charité.

LA COMTESSE, *à part et s'effaçant un peu.*

Rossfitz ! le Roi de l'Or !... Et le Père Dindon qui parle à ce
youtre !... Et le général Derlindinden est avec eux ! Eh ! mais
j'y pense ! S'il est ici, il n'est pas ailleurs. Qui, diantre, ce
myope de Barbapoux aura-t-il pris pour toi ? Voyons donc !
(*Elle se détourne et regarde vers le fond. Éclatant de rire.*)
Eh ! mais, c'est un âne !

ROSSFITZ, *méditatif.*

Trois pour cent d'une part et six pour cent de l'autre...

LE PÈRE DINDON

Allons, général, joignez vos prières aux miennes.

ROSSFITZ, *toujours calculant.*

Cela fait quatre et demi pour cent.

LE GÉNÉRAL DERLINDINDEN

Faitement ! et demi pour cent... prières... le nom du père,
du fils et cœtera... fait'ment, avez raison.

LE PÈRE DINDON

Vous le voyez, monsieur le baron, l'Église par ma voix,
l'Armée par celle du général...

SCÈNE VII

Les Mêmes ; BARBAPOUX, *accourant par le fond.*

BARBAPOUX

Je m'étais trompé ; mais, cette fois, mes oreilles, plus fidèles
qu' mes yeux, m'ont averti. (*Se jetant sur Rossfitz, il lui
enlève son binocle d'or et le fourre dans sa poche.*) Te voilà,
circoncis ! Et maintenant, donne-moi quarante mille francs.

(*Il lui arrache sa montre et sa chaîne, qu'il empoche également, puis il lui enlève son chapeau dont il se coiffe, lui met-
tant le sien, crasseux, à sa place.*)

ROSSFITZ, *surpris.*

Quarante mille francs !

BARBAPOUX

Oui, païen ! Assassin de Notre Seigneur Jésus-Christ ! J'en ai
demandé vingt mille à Racinius Vetus : je ne te taxe qu'au
double. (*Tout en parlant, il reprend brusquement le chapeau*

qu'il a mis sur la tête de Rossfitz et le fourre dans sa poche.)
Rends-moi grâce et paie-moi vite, sans quoi gare aux supplices
les plus cruels! *(Aux autres personnages.)* Tenez-le bien, vous
autres!... Allons, mes quarante mille francs, ou je te lis un
numéro du *Libre Chantage !*

(Il sort d'une poche et déplie le Libre Chantage.)

ROSSFITZ, *éperdu.*

Pas ça!... Voici quatre-vingt mille francs, mais épargnez-
moi!

*(Il sort son portefeuille et commence à compter une liasse de
billets de banque.)*

BARBAPOUX, *lui arrachant le portefeuille avec tout son contenu et le mettant dans sa poche.*

(D'une voix de tonnerre.) Va-t'en, voleur !

*(Il le pousse rudement. Rossfitz s'enfuit par la gauche, recevant
simultanément dans le derrière trois coups de pied de Barbapoux, du général et du père Dindon.)*

LA COMTESSE, *enthousiasmée.*

Qu'importe l'acte, si le geste est beau !

BARBAPOUX, LE GÉNÉRAL ET LE PÈRE DINDON

(Ensemble.) Mort aux juifs ! Mort aux voleurs !

LA COMTESSE

La France aux Français !

LE PÈRE DINDON

Et maintenant, partageons.

BARBAPOUX

C'est trop juste. *(Prenant le portefeuille, en enlevant les
billets qu'il garde et tendant le portefeuille vide au père
Dindon.)* Mon révérend, voici pour vous. *(Arrachant une
mèche de ses cheveux et la tendant à la comtesse.)* Comtesse,
vous pourrez les vendre cent mille francs... des cheveux phé-
nomènes, ils marchent tout seuls. *(Au général.)* Général, je
vous donne ma bénédiction.

LE GÉNÉRAL, *ôtant son képi et faisant le signe de la croix.*

Amen!... Merci !

BARBAPOUX

Et maintenant que cette affaire est équitablement réglée,
volons... à de nouvelles opérations.

(Ils sortent ensemble par la droite.)

SCÈNE VIII

L'OPINION PUBLIQUE, *entrant par le fond, l'air très las.*

Je ne comprends rien à l'affaire Dreyfus. Et pourtant il serait nécessaire d'y voir clair. Je suis l'Opinion publique et c'est toujours mon avis qui fait loi, mais pour peu que ça continue, j'ai bien peur de faire la dinde... (*S'asseyant.*) Voyons, repassons toute l'affaire : la parole des cinq consuls, la déposition de Pleutre, Granthomme et Vaginard, la sincérité de Barbapoux, l'incorruptibilité de son fidèle domestique Lebaudet-Sandré, et par dessus tout, la parole loyale d'Abdul-Azi, ce sont là des preuves terribles : oui, Dreyfus doit être coupable.

D'autre part, je ne puis m'empêcher d'avoir des doutes sur la vertu des mêmes personnages. Il y a des moments où les cinq consuls me font l'effet de coquins ou d'imbéciles, Barbápoux est l'honneur même, mais enfin il a été de la police : c'est plutôt fâcheux, et l'honnête Lebaudet-Sandré, qui s'appelle Lebaudet tout court, a des précédents défavorables. On dit aussi que le père Lelac, de Genève, aurait machiné l'affaire pour étrangler la République : allons, Dreyfus doit être innocent.

SCÈNE IX

L'OPINION PUBLIQUE; UN PROLÉTAIRE, *entrant par le fond; puis* FARMACOPÉE *et* FESSIER-DUREPAIRE

LE PROLÉTAIRE

Voici une pauvre femme qui paraît bien malheureuse. (*A l'Opinion publique.*) Allons, courage, la petite mère ! Est-ce que vous seriez en mal d'enfant ?

L'OPINION PUBLIQUE

Non... seulement en mal de justice.

LE PROLÉTAIRE

Je comprends que ça ne doit pas aller tout seul... La justice, qui est-ce qui connaît ça ? Et qui est l'objet de votre sollicitude ? Un ouvrier sans travail ? Quelque meurt-de-faim ?

L'OPINION PUBLIQUE

Non : un condamné que les uns disent innocent, les autres coupable.

LE PROLÉTAIRE

Ah! vous voulez sans doute parler de Meunier, qu'on a envoyé au bagne pour avoir fait des conférences ?

L'OPINION PUBLIQUE

Non.

LE PROLÉTAIRE

Alors, c'est de Courtois-Liard, cet anarchiste jeté au bagne, lui aussi, parce qu'il avait pris un faux nom afin de trouver du travail ?

L'OPINION PUBLIQUE

Eh ! non. Il s'agit de Dreyfus.

LE PROLÉTAIRE

— Dreyfus ?... capitaine... millionnaire. Connais pas.

(Il s'éloigne par la droite.)

L'OPINION PUBLIQUE

Capitaine... millionnaire... c'est vrai, il l'a été. Je comprends que les malheureux songent de préférence à leurs propres douleurs. Et pourtant, il n'en est pas moins un homme ! (*On entend dans le fond des cris de* : « Vive l'Armée ! ») Tiens ! Vive l'Armée ! c'est un cri qui fait toujours plaisir: on est Gauloise ou on ne l'est pas.

(Entrent par la gauche, Farmacopée et Fessier-Durepaire. Le premier coiffé d'un bonnet à poil et vêtu d'un habit d'académicien, porte en sautoir une guitare. Il est mené par le bras par son compagnon, qui porte toque et robe de magistrat.)

FESSIER-DUREPAIRE

Attention, Farmacopée ! vous avez de si mauvais yeux !

FARMACOPÉE, *piqué.*

Et vous, Fessier, vous n'avez pas de nez.

FESSIER-DUREPAIRE

Allons donc! Demandez plutôt à Karl !... Mais, j'aperçois l'Opinion publique... Vous savez ce qui est convenu avec Barbapoux?

FARMACOPÉE

Oui, nous allons la charmer pour lui permettre de satisfaire sur elle ses passions obscènes. Allons, Fessier-Durepaire, mettez-vous en position : vous allez, tandis que je vous accompagnerai sur ma guitare, moduler mes vers de votre voix la plus harmonieuse. Prenez bien garde surtout de vous endormir en les récitant.

(Farmacopée et Fessier-Durepaire s'arrêtent sur la gauche. Le premier prélude sur son instrument; l'Opinion publique, surprise, relève la tête.)

FESSIER-DUREPAIRE, *récitant.*

Tranquille écoutez-moi sans casser de noisette,
O Publique Opinion, assise près l'herbette !
Depuis plus de vingt ans, j'ai fait un grand effort
Pour ne pas voyager sur la ligne du Nord.

L'OPINION PUBLIQUE, *bâillant.*

C'est beau, mais c'est triste.

FARMACOPÉE, *bas à Fessier-Durepaire.*

Courage, Fessier, le charme opère !

(Il bâille.)

FESSIER-DUREPAIRE, *continuant.*

Mon histoire, mesdames, messieurs, sera brève...

(Il bâille.)

L'OPINION PUBLIQUE, *rebâillant.*

Allons tant mieux !

(Elle tombe dans un assoupissement profond. Fessier-Durepaire et Farmacopée se laissent choir et s'endorment de leur côté.)

SCÈNE X

Les Mêmes; TROIS INTELLECTUELS, *à longs cheveux et mines d'esthètes, arrivant par la droite l'air très mélancolique*; BARBAFOUX, LE PÈRE DINDON, LE GÉNÉRAL DERLINDINDEN et LA COMTESSE DE LENCLUMOIRE, *arrivant par la gauche.*

PREMIER INTELLECTUEL, *sans voir l'Opinion publique.*

Où peut être passée cette pauvre Opinion publique ? Au milieu de tous ses ennemis, j'ai bien peur pour elle !

DEUXIÈME INTELLECTUEL

Hélas !

TROISIÈME INTELLECTUEL

Deux fois hélas !

PREMIER INTELLECTUEL

Trois fois hélas ! puisque nous sommes trois... (*Apercevant l'Opinion publique endormie.*) Eh ! mais, la voici !

(Tous trois s'approchent.)

BARBAPOUX, *bondissant comme un tigre au milieu d'eux.*

Halte-là ! On n'y touche pas : elle est à moi !

PREMIER INTELLECTUEL

Misérable !... Tu oserais !

BARBAPOUX, *ricanant.*

Un peu ! Oh ! mais j'ai des moyens de défense.

(Il se gratte et souffle dans la figure aux Intellectuels, qui reculent éperdus en se bouchant le nez.)

L'OPINION PUBLIQUE, *se réveillant.*

Qu'est-ce que tout ceci ?

PREMIER INTELLECTUEL

Chère Opinion publique, nous sommes les Intellectuels et nous venons à toi pour te parler de ce malheureux Dreyfus.

BARBAPOUX, *vivement.*

De ce misérable traître, de ce juif, de ce rénégat...

(Farmacopée et Fessier-Durepaire se réveillent et se frottent les yeux.)

DEUXIÈME INTELLECTUEL

Victime d'un complot abominable.

BARBAPOUX

L'auteur du bordereau. (*A ses complices.*) Allez, vous autres et en mesure !

FARMACOPÉE, FESSIER-DUREPAIRE, LE PÈRE DINDON, LE GÉNÉRAL et LA COMTESSE, *ensemble.*

Vive l'Armée !

(Farmacopée pince quelques accords sur sa guitare.)

L'OPINION PUBLIQUE, *regardant avec complaisance le général Derlindinden.*

La belle culotte rouge !

LE GÉNÉRAL, *avec orgueil.*

Et cette culotte n'est rien auprès de celle que j'ai prise au Cercle l'autre soir.

PREMIER INTELLECTUEL, *avec désespoir.*

La malheureuse est perdue ! Elle est atteinte de militarite aiguë ! (*A l'Opinion publique.*) Voyons, chère Opinion publique, ressaisis-toi... Ces hommes t'abusent.

BARBAPOUX, *à l'Opinion publique.*

N'écoute pas ces imposteurs !... (*Tirant de sa poche un flacon étiqueté* Petit Idiot, *le débouchant et le portant aux lèvres de l'Opinion publique.*) Tiens, bois ! Ce breuvage bienfaisant ranimera tes forces et éclaircira tes idées.

(L'Opinion publique boit ; les Intellectuels poussent de grands cris et s'arrachent les cheveux.)

PREMIER INTELLECTUEL

C'est de l'extrait de *Petit Idiot* que ce misérable lui a donné.

DEUXIÈME INTELLECTUEL

Elle est empoisonnée !

(L'Opinion publique se dresse, l'air effaré, relève sa jupe, remue la tête et chantonne des mots sans suite.)

TROISIÈME INTELLECTUEL

Ou tout au moins, elle est bien saoule !

LE GÉNÉRAL DERLINDINDEN, *tirant son sabre,*
aux Intellectuels.

Et maintenant, foutez le camp, sales pékins, ou gare à vous !

LES TROIS INTELLECTUELS, *ensemble.*

Nous n'avons pas peur !

LA COMTESSE

Ah ! pas peur... Eh bien, je vais... vous montrer mes charmes.

LES INTELLECTUELS, *épouvantés.*

Non !... Fuyons !

(Ils se sauvent par la droite.)

BARBAPOUX

L'Opinion publique est à nous !... (*A part.*) A moi !

(Les personnages restant se livrent à un quadrille échevelé, dans lequel l'Opinion publique fait face à Barbapoux et la comtesse de Lenclumoire au général Derlindinden.)

ACTE II

SCÈNE I

BARBAPOUX, *juché sur un espèce de trône, ayant à sa gauche* L'OPINION PUBLIQUE, *les yeux bandés* ; LE PÈRE DINDON, LE GÉNÉRAL DERLINDINDEN, FARMACOPÉE, FESSIER-DUREPAIRE, LA COMTESSE DE LENCLUMOIRE.

BARBAPOUX

Comtesse, messieurs, l'orgie continue.

TOUS, *ensemble.*

Vive l'Armée !

FARMACOPÉE, *mielleux, à Barbapoux.*

Je vais vous réciter un épithalame de ma composition en l'honneur de votre conjungo avec mademoiselle l'Opinion publique, cette chaste vierge qui vous a donné son cœur et ses dépendances... Fessier (*Il le désigne.*) m'accompagnera en barytonnant.

BARBAPOUX

Tout à l'heure ! Nous ne sommes pas encore assez saouls.

LA COMTESSE

Je veux chanter, moi !

(Elle caresse le menton du général et fredonne.)

Si les bonn's d'enfants n'aimaient pas tant les militaires,
Tous les militair's n'aim'raient pas tant les bonn's d'enfants.

LE GÉNÉRAL, *vidant un verre et hurlant.*

A boire! Le vin, l'amour et la guerre, ça va ensemble.

FARMACOPÉE, *gravement.*

Boire rime avec gloire comme général avec animal.

BARBAPOUX, *à l'Opinion publique, tendrement
et la tripatouillant.*

Eh bien! n'es-tu pas heureuse?

L'OPINION PUBLIQUE

Oh! oui, bien heureuse. Si seulement je pouvais voir clair!

BARBAPOUX

Comment? Encore! Mais qui t'empêche de voir?

L'OPINION PUBLIQUE

Ce bandeau épais que j'ai sur les yeux.

BARBAPOUX

Un bandeau!... Tu déraisonnes, mon idole!... Ce que tu
prends pour un bandeau n'est qu'une mousseline légère et
transparente, comme nous en avons tous, qui empêche les
moustiques de te crever les yeux. Ils sont très féroces en cette
saison, les moustiques. (*Saisissant un flacon étiqueté* Libre
Chantage.) Tiens!... bois!... une gorgée de *Libre Chantage,*
cela t'éclaircira la vue. (*L'Opinion publique boit.*) Vois-tu
mieux, maintenant?

L'OPINION PUBLIQUE, *avec béatitude.*

Oh oui! la nuit est belle: je vois briller la lune. (*Elle
désigne le visage de Feissier-Durepaire. Caressant amoureu-
sement la barbe de Barbapoux.*) Tu es beau et tu sens bon!

BARBAPOUX, *radieux.*

Vous entendez! Je ne le lui fais pas dire. (*A l'Opinion publique.*) Oui, ma chérie, bois encore, bois toujours et crois-
moi: le beau est laid, le laid est beau... Il me semble que
Shakespeare, un Juif anglais, a dit cela quelque part.

L'OPINION PUBLIQUE, *avec élan.*

Tu seras roi, Barbapoux! Tu seras roi!

LE PÈRE DINDON

Elle est devenue voyante comme mademoiselle Couesdon.
Remercions le ciel! (*A part.*) Encore une belle affaire pour
Gaston Lemary!

BARBAPOUX, *qui a entendu.*

Ah ! mais non ! Cette fois c'est moi qui la lancerai et empocherai la galette, *secundum...*

LA COMTESSE, *vivement.*

Ne parlez pas de cela !

SCÈNE II

Les Mêmes ; *de l'autre côté de la scène* (*à droite*) UN INTEL-LECTUEL *arrivant et s'arrêtant devant la cloison qui le sépare de la maison de Barbapoux.*

L'INTELLECTUEL

Voici son repaire ! C'est ici que l'infâme, assisté de sa horde de bandits, a emmené l'Opinion publique pour lui faire subir les derniers outrages. Et encore si c'étaient les derniers !

(Il s'approche de la cloison).

FESSIER-DUREPAIRE

Zut ! Et autre chose avec ! Je ne bois plus : j'ai des borborygmes.

LE GÉNÉRAL

Barbarismes ? faitement... civilisation... expédition Madagascar... Vive l'Armée !

TOUS, *électrisés.*

Vive l'Armée !

L'INTELLECTUEL

C'est sa voix que j'entends !... Elle se mêle à ces saturnales ! Comme si les pures jouissances de la mentalité n'eussent pu lui suffire !... Comment faire pour la tirer de là ?

(Il se baisse pour examiner la serrure.)

SCÈNE III

Les Mêmes ; LEBAUDET-SANDRÉ, *arrivant par le fond, la tête baissée, l'air triste et portant une cuvette.*

BARBAPOUX, *sévèrement à Lebaudet-Sandré.*

Comment ! Vous aussi, Lebaudet-Sandré ! Vous vous servez de pareils engins !... Vous vous lavez peut-être ?

LEBAUDET-SANDRÉ, *vivement.*

N'en croyez rien, illustre maître : je m'en voudrais trop de manquer à mes devoirs... Mais, hélas ! cette cuvette...

BARBAPOUX, *impérativement.*

Eh bien, cette cuvette ?

LEBAUDET-SANDRÉ

Est tout ce qu'il nous reste d'Arthur Derryer.

(Profonde sensation. A l'extérieur, l'Intellectuel applique alternativement son œil et son oreille à la serrure.)

LA COMTESSE

Comment cela ?

LEBAUDET-SANDRÉ

Vous savez que notre infortuné ami avait la nostalgie de son premier métier. Il ne perdait aucune occasion de s'entretenir la main, « et puis, disait-il, on ne sait pas ce qui peut arriver. » Tantôt donc, je l'ai trouvé dans votre officine, se promenant, cette cuvette à la main et la nettoyant avec une brosse et amour. A vrai dire, il était tout drôle, comme qui dirait un peu éméché. Cela ne m'étonna pas : près de lui gisait, déplié sur le parquet, un numéro du *Crépuscule*, contenant l'article quotidien de Gaston Poilaupif.

BARBAPOUX

L'imprudent ! On fait lire ces choses-là aux autres, mais on ne les lit pas soi-même.

LEBAUDET-SANDRÉ

Bref, que vous dirai-je ? Dans le trouble produit par la lecture du *Crépuscule*, Arthur Derryer s'approcha du gouffre béant qui fait communiquer votre demeure avec le grand collecteur et il en respira avec délices les émanations putrides. « Tout à l'égout ! » murmura-t-il et, dans un instant de mortelle distraction, il posa à terre sa cuvette et se lança dans l'orifice, croyant faire exactement le contraire.

BARBAPOUX

Ciel !

LE GÉNÉRAL

Foutre !

LA COMTESSE, *avec un geste pudique :*

Oh !

LE PÈRE DINDON

Requiescat in pace.

(Tous se signent.)

L'INTELLECTUEL

Ça fait toujours un de moins.

BARBAPOUX

Il convient de rendre les derniers devoirs aux restes de notre infortuné confrère. Je décide que cette cuvette sera déposée avec pompe — mais sans eau — dans la salle de rédaction du *Libre Chantage*, avec accompagnement d'*oremus* par le révérend père Dindon et décharge des canons de l'Église commandée par le général Derlindinden. *Dixi...* (*A part.*) comme signait Abdul-Azi.

LE GÉNÉRAL

Faitement... honneurs... et tout ça. (*D'une voix de tonnerre à Lebaudet-Sandré.*) Portez... vette! (*Lebaudet-Sandré élève la cuvette.*) Genou terre! (*Lebaudet-Sandré s'agenouille.*) Élevez cœur!... Relevez-vous!... (*Lebaudet-Sandré se relève.*) Par file à gauche!... arche!

(Lebaudet-Sandré sort par la gauche, suivi du père Dindon et de tous les autres assistants, le général Derlindinden fermant la marche.)

SCÈNE IV

L'INTELLECTUEL, *resté de l'autre côté de la cloison.*

Ils sont partis! Comment pénétrer dans la place et même, une fois dans la place, comment leur ravir cette proie infortunée? Je parle grec et latin, j'admire Gœthe, vénère Darwin et Herbert Spencer ne m'est pas inconnu. Eh bien, c'est curieux, mais ça ne me sert absolument à rien. (*Appuyant sur la porte.*) Si je pouvais enfoncer cette porte! (*Il pousse.*) Pas moyen!... Il faudrait faire sauter la serrure et je n'ai pas d'instruments. (*Fouillant dans sa poche.*) Ah! si, un canif! (*Il sort son canif et essaie de l'enfoncer dans la serrure: le canif se casse.*) Vlan! Désarmé!

SCÈNE V

L'INTELLECTUEL, toujours à droite de la scène. L'OPINION PUBLIQUE revenant à gauche. Elle a son bandeau un peu soulevé, mais ne voit pas L'INTELLECTUEL qui, ayant l'œil à la serrure, l'aperçoit au contraire.

L'INTELLECTUEL

L'Opinion publique! Elle revient et seule! Ah! si je pouvais lui parler!

(Il regarde et écoute.)

L'OPINION PUBLIQUE

C'est singulier... le cœur m'a manqué pour les suivre jusqu'au bout. Cette cuvette que l'on honorait comme une relique répandait une telle odeur d'eau bénite et de patchouli rance que, j'ai failli défaillir. Et puis, dois-je le dire, ce bandeau m'incommodait tellement que j'ai osé à la dérobée le déranger quelque peu : mais alors qu'ai-je vu!

L'INTELLECTUEL

Elle voit! Tout espoir n'est pas perdu!

L'OPINION PUBLIQUE

Le général Derlindinden m'est apparu sous les traits d'un paillasse vieilli et gâteux : je crois même qu'il avait mis sa culotte à l'envers.

L'INTELLECTUEL

Bravo!

L'OPINION PUBLIQUE

Le père Dindon ressemblait à une vieille femme qui aurait avalé un parapluie et la comtesse de Lenclumoire à un sacristain. Farmacopée est visqueux et Fessier-Durepaire idiot.

L'INTELLECTUEL

Comme elle les juge bien!

L'OPINION PUBLIQUE

Il n'est jusqu'à mon adorable Barbapoux qui ne m'ait paru perdre quelque chose de sa beauté. Je ne sais si je m'abuse, mais il m'a paru tout à l'heure avoir les allures d'un pourceau.

L'INTELLECTUEL

Enfin! Elle commence à voir les choses sous leur vrai jour :

c'est le moment... (*Haut, appelant à travers la serrure.*)
Allô ! Allô !

L'OPINION PUBLIQUE, *surprise, tressautant.*

Qui parle ?

L'INTELLECTUEL

C'est un intellectuel, ton ami, qui vient pour te retirer de ce bouge.

L'OPINION PUBLIQUE, *indécise.*

Est-ce vraiment un bouge ?

L'INTELLECTUEL

Ne viens-tu pas de t'en apercevoir ?

L'OPINION PUBLIQUE

Je ne sais : il y a des moments où je doute de tout et de moi-même.

L'INTELLECTUEL

Crois-moi, viens ! Il n'y a pas un instant à perdre.

L'OPINION PUBLIQUE, *relevant son bandeau, se frottant les yeux et regardant autour d'elle.*

C'est vrai que ça ressemble tout à fait à un bouge. (*Examinant ce qui se trouve sur la table.*) Des bouteilles tout entamées, des verres... un jeu de cartes ! (*Prenant les cartes.*) Tiens ! elles sont toutes biseautées. Décidément j'aime mieux m'en aller.

(*Elle va à la porte.*)

L'INTELLECTUEL

Je t'en prie, dépêche-toi !

L'OPINION PUBLIQUE, *essayant inutilement d'ouvrir.*

Impossible d'ouvrir ! La porte est fermée à double tour.

L'INTELLECTUEL

Patatras !... Tout est perdu ! Ils vont revenir et lui faire boire encore leurs drogues maudites.

L'OPINION PUBLIQUE

Que faire ? Pas d'autre issue... (*Prêtant l'oreille.*) Ce sont eux : ils reviennent !

L'INTELLECTUEL

Chère Opinion publique, je cours chercher du renfort. En attendant, je t'en supplie, ne bois pas une goutte des boissons qu'ils te donneront.

L'OPINION PUBLIQUE

C'est entendu : je ferai plutôt semblant de dormir.

(L'Intellectuel sort précipitamment par la droite ; l'Opinion publique s'étend sur un siége et s'accoude à la table, feignant de somnoler.)

SCÈNE VI

L'OPINION PUBLIQUE, BARBÁPOUX, LE PÈRE DINDON, FESSIER-DUREPAIRE, FARMACOPÉE, LE GÉNÉRAL DERLINDINDEN *et* **LA COMTESSE,** *revenant à la file par le fond.*

BARBAPOUX

Maintenant que nous avons suffisamment témoigné notre douleur de la perte d'Arthur Derryer, nous allons noyer cette douleur dans les plus crapuleuses orgies.

LE GÉNÉRAL

Orgies... faitement... champagne... petites femmes... Margot-Quatre-Pattes... honneur de l'Armée. Vive l'Armée !

Tous ensemble, *moins* L'OPINION PUBLIQUE

Vive l'Armée !

LE PÈRE DINDON, *donnant sa bénédiction.*

In nomine patris et filii et spiritui sancti.

Tous, *moins* L'OPINION PUBLIQUE

Amen !

LE GÉNÉRAL

A boire !

(Il saisit une bouteille et boit à même.)

BARBAPOUX *apercevant* L'OPINION PUBLIQUE

Tiens ! Elle est là qui dort... Je ne m'étais pas aperçu de son absence.

FESSIER-DUREPAIRE

Elle est saoule comme nous allons tous l'être tout à l'heure. Il est vrai que ce que vous lui en avez fait boire ! Et du *Libre Chantage* ! Et du *Petit Idiot* ! Et du *Moniteur des Parapluies* ! Ça m'étonne qu'elle n'en soit pas encore crevée.

BARBAPOUX, *ricanant.*

Sa mort ne me serait pas utile : je veux me contenter de la rendre idiote.

L'OPINION PUBLIQUE, *à part.*

Oh ! le bandit !

BARBAPOUX, *s'asseyant à côté de l'Opinion publique et lui passant la main dans les cheveux.*

Elle est folle de moi... naïve enfant ! Or ça, reprenons la petite fête de tout à l'heure.

LA COMTESSE

Souhaitez-vous que je vous danse la catchutcha ?

(Elle relève légèrement ses jupes.)

BARBAPOUX, *avec un geste impératif.*

Non. Cache tout ça.

FARMACOPÉE,

Oh ! il est fameux. Et maintenant voulez-vous que je vous dise mon épithalame ?

LE GÉNÉRAL

Faitement... l'épitre à l'âne !... l'épitre à l'âne !... Où c'qu'il est l'bourricot ?

FARMACOPÉE, *montrant Barbapoux.*

Le voici... je veux dire le gracieux inspirateur et destinataire de ma sublime poésie.

LE PÈRE DINDON

Un moment ! Avant de nous abreuver des pures délices de l'art, ô mes cochons, je vous proposerai une partie de rams : nous jouerons... l'honneur.

LE GÉNÉRAL

L'honneur de l'Armée ! c'est ça.

(Tous s'assoient, Barbapoux saisit le jeu de cartes resté sur la table et commence à battre.)

FESSIER DUREPAIRE

Attendez ! je connais ces cartes, je m'en suis servi : elles sont biseautées. Prenez plutôt celles-ci.

(Il tire un jeu de cartes de sa poche.)

LE GÉNÉRAL, *tirant un autre jeu de sa poche.*

Ou plutôt celles-ci : elles m'ont été données par un de mes collègues, le général Remercier.

LE PÈRE DINDON et FARMACOPÉE, *tirant également
chacun un jeu de cartes de leur poche.*

Prenez celles-ci.

(Tous se regardent, puis éclatent de rire.)

BARBAPOUX

Vous êtes hommes de précaution et vous vous connaissez.
Mais ces précautions sont inutiles. Rappelez-vous que vous ne
jouez que cette chose absurde, illusoire, bonne à fasciner seulement les imbéciles : l'honneur. Les premières cartes venues
seront les bonnes.

(Il recommence à battre les cartes et fait couper successivement
à tout le monde).

SCÈNE VII

LES MÊMES ; LES TROIS INTELLECTUELS *qu'on a déjà vus
et* LE PROLÉTAIRE, *un sac d'outils sur l'épaule, arrivant
par la droite.*

PREMIER INTELLECTUEL, *au Prolétaire.*

C'est ici.

(Il lui montre le repaire de Barbapoux.)

LE PROLÉTAIRE, *pendant que les joueurs commencent
leur partie.*

Cette bicoque ! (*Il va à la porte et examine la serrure.*)
(*Raidissant ses bras et regardant ses muscles.*) Ah ! j'ai su
un temps où d'une poussée, sans autre instrument que mon
bras, j'aurais foutu bas cette cassine et démoli ceux qui
l'habitent par dessus le marché. C'est comme ça qu'on a toujours travaillé dans la famille. Il y a cent et quelques années,
un monsieur Capet, dont vous avez peut-être entendu parler,
voulait faire le méchant; il s'imaginait qu'il était quelque
chose comme une espèce de bon Dieu ayant tous les droits sur
le pauvre monde. Mon bisaïeul est allé défoncer la porte de
son bouge, les Tuileries; et, lorsqu'il y est entré, le sieur Capet
n'y était plus; il paraît qu'il en a même perdu la tête.

DEUXIÈME INTELLECTUEL

Eh bien ! fais comme ton ancêtre : aide-nous. Notre cause
est si juste, si belle !

LE PROLÉTAIRE

Minute !... savez-vous ce qu'on lui a fait, à mon bisaïeul,

pour le remercier? On l'a laissé crever de faim comme un chien, après avoir pris ses trois fils pour en faire des soldats.

TROISIÈME INTELLECTUEL

Je t'en prie, ne perdons pas de temps !

LE PROLÉTAIRE

Vous êtes pressés? Moi pas, j'ai l'habitude de la patience : il y a des années que j'attends... Eh bien ! tenez, avant de faire le travail que vous me demandez, j'ai envie de vous dire deux mots de l'histoire des miens. Ça ne vous intéressera peut-être pas ? Ils ne parlaient point latin et n'avaient jamais appris l'algèbre. C'étaient des hommes, cependant, et de rudes. Des trois fils de mon bisaïeul, deux sont morts en défendant Paris contre les Cosaques — Français et Russes s'exterminaient alors sans savoir pourquoi; aujourd'hui, ils se bécotent; le troisième, quoique soldat, s'était mis à réflé-
chir, il a voulu faire comme son paternel et a tiré sur les gardes de Charles X. Charles X a filé et Louis-Philippe, qui a pris sa place, a envoyé un peu plus tard mon grand-père crever au Mont-Saint-Michel.

DEUXIÈME INTELLECTUEL

Les rois sont tous ainsi.

LE PROLÉTAIRE

Les rois et d'autres. Mon grand-père laissait un rejeton qui avait dans les veines du sang de révolté. C'était mon père, grandi dans la misère, poussé n'importe comment, au milieu des taloches de ses patrons, vivant de croûtes de pain, d'épluchures de légumes, de maraude quand il pouvait. Il a fait le coup de feu pour la République et le suffrage universel et toute la balançoire : résultat, Marianne l'a laissé crever de faim comme son père, et si on ne l'a pas fusillé en juin avec des tas d'autres, c'est parce qu'on n'a pas pu mettre la patte sur lui. Ça ne l'a pourtant pas empêché de se battre au deux décembre : trois ans après on l'a pincé et envoyé à Lambessa où il est resté. Moi, je tétais encore... quand toutefois ma mère avait du lait à m'offrir, car la pauvre femme, restée seule, ne mangeait pas tous les jours, et si j'ai poussé, c'est que j'avais la vie dure. A dix ans, j'étais en apprentissage, à quinze je gueulais : « A bas l'empereur ! Vive la République ! » Sous la Commune, j'ai remué les pavés et tiré sur les gendarmes. J'aurais pu aller au bagne comme « C'est clair » et je n'en serais pas

sorti bouffe-galette... mais j'ai préféré m'esbigner en douceur...
Vous savez? pas fier.

Depuis, j'ai vu l'amnistie, la boulange, l'antisémitisme et
patati et patata. J'aurais pu gagner plus d'une fois mes cinq
francs par jour en m'embauchant rue du Croissant pour aller
gueuler : « Mort aux Youpins ! » et « Vive un tel ! » Mais vous
savez, je ne mange pas de ce pain-là.

PREMIER INTELLECTUEL

Nous te connaissons bien : c'est avec confiance que nous nous
sommes adressés à toi.

LE PROLÉTAIRE, *narquois.*

Alors, à vous trois, vous ne pouvez pas foutre en l'air la
baraque et les gredins qui l'habitent?

DEUXIÈME INTELLECTUEL

Ce n'est pas le courage qui nous manque : ce sont les
muscles.

FESSIER-DUREPAIRE, *de l'autre côté de la cloison.*

(*Montrant Barbapoux.*) Il a triché !

BARBAPOUX, *éclatant de rire.*

Eh bien ? Et après ?... Nous trichons tous.

LE GÉNÉRAL

Trichons... trichine... tous des cochons ! Faitement... Vive
l'Armée !

LE PROLÉTAIRE

Et après avoir délivré l'Opinion publique, je m'en retourne-
rai Gros-Jacques comme devant, n'est-ce pas?

PREMIER INTELLECTUEL

Oh ! non. Tu bénéficieras de la victoire.

LE PROLÉTAIRE

Nous verrons. (*Il prend son sac, l'ouvre et en tire un
marteau, un soufflet de poudre insecticide, une seringue et
une paire de pincettes.*) Partagez-vous ces armes : elles sont
irrésistibles. (*Il remet au premier Intellectuel le soufflet,
au second la seringue, au troisième les pincettes.*) Je ne
conserve que ce marteau, trop lourd pour vos faibles bras. Et
maintenant : Attention !

(Il lève le marteau, le fait tournoyer et d'un coup enfonce la
porte. Les joueurs se lèvent en poussant un grand cri.)

SCÈNE VIII

Les Mêmes ; LE PROLÉTAIRE *et* LES INTELLECTUELS, *pénétrant dans le repaire de Barbapoux, dont les cloisons, ainsi que la porte se sont abattues et qui ne fait plus qu'un avec le reste de la scène.*

LES INTELLECTUELS, *entrant à la suite du Prolétaire.*
Victoire !

(Les joueurs cherchent à s'échapper, mais un Intellectuel se place à chaque issue, à droite, à gauche et au fond, tandis que le Prolétaire s'avance au milieu, en face de Barbapoux. Farmacopée se cache sous la table; l'Opinion publique s'arrache à son sommeil simulé et court se placer auprès du Prolétaire.)

BARBAPOUX

(A *l'Opinion publique.*) Tu m'abandonnes !... (*Avec rage.*) La gueuse !... (*D'un ton suppliant.*) Allons reviens : je te ferai boire à pleines coupes du *Petit Idiot...* du *Libre Chantage*, première marque... tu y trouveras le bonheur.

L'OPINION PUBLIQUE

Va-t'en, scélérat ! Tu me fais l'effet d'une tinette !

LE PROLÉTAIRE

Tes mensonges ne peuvent plus la séduire. Et maintenant à nous deux !

LA COMTESSE, *s'avançant intrépidement et se dégrafant.*

Vous êtes les plus forts : faites de moi tout ce que vous voudrez. (*A part.*) Je suis foutue, mais ça m'est égal.

LE PROLÉTAIRE

Que personne ne sorte, autrement vos crânes feront connaissance avec ce marteau !

BARBAPOUX

Nous verrons bien.

(Il souffle dans la figure du prolétaire qui recule d'un pas.)

LE PROLÉTAIRE

Ah ! c'est ainsi... (*Faisant signe aux Intellectuels.*) Allez-y, vous autres !

(L'Intellectuel armé du soufflet vise et couvre de poudre Barbapoux et ses complices.)

FARMACOPÉE

De l'anti-punaise ! Je suis mort !

(Il s'affaisse et expire sous la table.)

FESSIER-DUREPAIRE

Moi aussi !

(Il s'effondre aux côtés de Farmacopée.)

LE GÉNÉRAL, *d'une voix affaiblie.*

Faitement... poudre sans fumée... insecticide. Vais crever...
Vive l'Ar...

(Il tombe foudroyé.)

LE PÈRE DINDON

Épargnez du moins un prêtre que son saint ministère rend
étranger à ces tristes discordes...

(Il tousse.)

LE PROLÉTAIRE

T'aimerais mieux avaler des hosties !... (*A l'Intellectuel
armé du soufflet.*) Hardi, camarade ! (*Au Père Dindon.*) Tu es
le plus scélérat de la bande, hypocrite gredin ! De la pitié pour
toi ? Autant de la poésie à un cochon ! A-t-il la vie dure, le
salaud !

LA COMTESSE, *tendant les bras au Père Dindon.*
Mourons ensemble !

(Ils s'affaissent tous deux.)

BARBAPOUX, *avec une épouvante mêlée d'orgueil.*

Il ne reste plus que moi ! Oh ! mais moi je suis immortel : je
ne suis pas un homme, je suis l'Infamie humaine.

LE PROLÉTAIRE

Immortel ! Ah ! tu crois ça... (*A l'Intellectuel armé de la
seringue.*) Allez-y !

(L'Intellectuel vise et arrose Barbapoux.)

BARBAPOUX, *avec un cri furieux.*

De l'eau !... A moi qui n'ai jamais été mouillé que par la
pluie !

LE PROLÉTAIRE

Et de l'eau de savon encore !

BARBAPOUX

Je suis mort ! (*Il s'efforce d'éviter les jets de la seringue.—
A l'Opinion publique.*) Chère Opinion publique, sauve-moi...

je ne te tromperai plus... (*L'Opinion publique fait un geste de dénégation.*) Elle ne m'écoute pas !

(Se couvrant la figure de ses mains, il s'efforce de gagner la porte du fond. L'Intellectuel armé de pincettes étend le bras et avec les pincettes saisit à la gorge Barbapoux qui, suffoqué, renverse la tête et agite désespérément les bras.)

LE PROLÉTAIRE, *à Barbapoux.*

Ta dernière heure est venue. Tu fus une bête venimeuse, nous te supprimons sans joie comme sans remords.

(Il lève son marteau.)

DEUXIÈME INTELLECTUEL

C'est inutile : le contact de l'eau l'a blessé à mort, ceci va l'achever.

(Il tire de sa poche un déméloir et le présente à Barbapoux, qui étend les bras, se convulse et tombe mort.)

L'OPINION PUBLIQUE, *avec joie.*

Le monstre est mort ! Je suis sauvée et par toi !

(Elle se jette dans les bras du Prolétaire.)

LE PROLÉTAIRE, *aux Intellectuels.*

Et maintenant, n'oubliez pas qu'il existe une question sociale ; l'œuvre n'est pas finie : elle commence !

RIDEAU

IMP. CH. LÉPICE, 8-10, RUE DES CÔTES, MAISONS-LAFFITTE

IMPRIMERIE CH. LÉPICE, MAISONS-LAFFITTE.

www.ingramcontent.com/pod-product-compliance
Ingram Content Group UK Ltd.
Pitfield, Milton Keynes, MK11 3LW, UK
UKHW022355120726
13694UKWH00005B/1887